Martin Schleich

Die Pseudo-Afrikaner

Parodischer Schwank

Martin Schleich

Die Pseudo-Afrikaner
Parodischer Schwank

ISBN/EAN: 9783744603812

Hergestellt in Europa, USA, Kanada, Australien, Japan

Cover: Foto ©Andreas Hilbeck / pixelio.de

Weitere Bücher finden Sie auf **www.hansebooks.com**

Die

Pseudo-Afrikaner.

Parodischer Schwank

von

Martin Schleich.

München, 1867.

Verlag der Redaktion des „Münchener Punsch".

Personen.

Don Pedro, erster Präsident des controlirenden Staats- und Reichsrathes in Portugal.

Don Diego, Sprech-Minister.

Ines, seine Tochter.

Der **Großinquisitor**.

Vasco de Gama, Marine-Oberlieutenant.

Nelusco, ein armer Schneider in Lissabon.

Selica, seine Base.

Radschpurl, Oberpriester des Brama.

Der **Vice-Oberbramine**.

Aeltere und jüngere, ordentliche und außerordentliche **Staatsräthe** Portugals.

Matrosen, Hindus, Braminen, Bajaderen, Meerfräulein u. s. w.

Aermliches Zimmer Nelusco's.

Selica beschäftigt.

Selica. Es ist nicht mehr zum Fertigwerden. Näht man den ganzen Tag an so einem Kragen, versticht sich die Finger und was ist verdient? Nein, wenn ich wieder einmal auf die Welt komme, werde ich keine Näherin mehr, sondern Tänzerin, Sängerin, Schauspielerin oder so was bergleichen. Entweder verlange ich so viel Honorar, daß ich mir eine halbe Million ersparen kann, oder ich nehme ein Engagement mit bedeutender Pension, oder ich heirathe einen reichen Fürsten oder Grafen. Das ist ja schon hundert Mal vorgekommen, nichts leichter als das und jedenfalls gescheidter, als wenn ich meinen Lebensfaden als Näherin aufarbeite.

Vorige. Nelusco.

Nelusco. Da bin ich wieder.

Selica. Herr Vetter, ich muß Ihnen sagen: so, wie bisher geht's nicht mehr. Die Arbeit ist zu langweilig. Sie müßen wenigstens eine Nähmaschine kaufen.

Nelusco. Nicht eine Dampfmaschine auch noch? Je mehr

wir arbeiten, desto mehr bleiben uns die Leute schuldig. Die Schneiderei wird mir zu dumm.

Selica. (Wirft das Zeug fort.) Mir auch.

Relusco. Alle Welt schwindelt und wird reich dabei. Und ich soll arbeiten und Hunger leiden? Nein, das geht doch nicht. Was helfen mich alle Güter dieses Lebens, wenn ich kein's davon zu genießen kriege?

Selica. Also wissen Sie was, Herr Vetter, schwindeln wir auch.

Relusco. Wenn ich nur wüßte: wie, in wie fern, bei wem, womit, wo?

Selica. Wandern wir aus, gehen wir über die Gränze hinüber, nach Spanien.

Relusco. Nach Spanien? Warum nicht gar. Da könnt' ich schön ankommen mit meinen freisinnigen Ansichten.

Selica. Haben Sie freisinnige Ansichten?

Relusco. Jetzt hat Die das noch nicht gemerkt. Schon der Umstand, daß ich ein Schneider bin, muß mich in den Augen der Inquisition verdächtigen.

Selica. Wir haben ja in Portugal auch eine Inquisition.

Relusco. Ach, die hat ja gar keine Bedeutung. Wenn nicht hie und da Einer einen neuen Welttheil entdeckt, rührt sie sich gar nicht, und wie oft kommt denn das vor. Nein, glücklich könnte man in Portugal schon leben, wenn nur mehr Geld da wäre. Indessen: darin besteht ja eben der Schwindel, daß man aus Nichts Etwas macht. Selica, geh' hinüber zum Wirth und hol' mir eine Maß Madeira und eine Portion Seekrebs mit Orangensalat. (Sie nimmt einen Krug, er gibt ihr Geld.) Aber komm' bald wieder, denn ich muß später noch auf den Sommerkeller. Man hat da gar so eine schöne Aussicht auf den atlantischen Ocean, und wenn ein Erdbeben kommt, geht man in's Kellerhaus, da geschieht einem nichts.

Während Selica gehen will, kommt **Basco de Gama.**

Basco. Guten Tag.

Relusco. Fehl' mich.

Basco. Sind Sie der Schneider — wie heißen Sie doch, ich habe Ihren Namen ganz vergessen.

Relusco. Nelusco.

Basco. Richtig, ja. Kennen Sie mich nicht mehr?

Relusco. Kann mich nicht erinnern.

Selica. Ich auch nicht.

Relusco. (Zu Selica.) Du bist gar nicht gefragt. Sei so gut und hol' mir Madeira.

Selica. Wenn einmal ein gescheidter Besuch da wäre, schafft er einen fort, der fade Mensch! (Ab.)

Relusco. Basco.

Relusco. Was hat sie gesagt?

Basco. Der fade Mensch. Ich weiß nicht, wen sie damit meinte.

Relusco. Ich auch nicht.

Basco. Ist dieses reizende Geschöpf Ihre Tochter?

Relusco. So gewissermaßen. Eigentlich ist sie die Tochter eines Andern; sie mag aber eine Tochter sein, welche sie will, es wird Sie hoffentlich Nichts angehen. Sagen Sie mir lieber, mit wem ich die Ehre habe, wenn's eine Ehre ist.

Basco. Schiffsoberlieutenant Basco de Gama. Kennen Sie mich wirklich nicht mehr?

Relusco. Nein.

Basco. Ich bin Ihnen als Lieutenant einen Anzug schuldig geblieben.

Relusco. So. Ja, wenn ich die Lieutenants alle kennen müßte, die mir schon schuldig geblieben sind.

Basco. Soeben von einer größeren Seereise zurückgekehrt, war es eines meiner ersten Geschäfte, Sie aufzusuchen.

Relusco. Sehr schön von Ihnen. Aber ich bin da in einiger Verlegenheit. Ich führe nämlich kein Buch. Habe ich kein Geld mehr, so weiß ich, daß ich entweder zu wenig eingenommen oder zu viel ausgegeben habe. Ich kann Ihnen also keine genaue Rechnung vorlegen und Sie werden mich hoffentlich gütigst entschuldigen.

Basco. Das thut gar nichts. Ich bin auch eigentlich nicht gekommen, um Sie zu bezahlen.

Relusco. Nicht? — Warum haben Sie denn das nicht gleich gesagt?

Basco. Ich wollte Sie im Gegentheil ersuchen, mir noch einen neuen Anzug zu machen, dann werde ich diesen und den andern miteinander —

Relusco. Schuldig bleiben.

Basco. Ich bezahle, sobald ich kann und hoffe, recht bald zu können. Ich lege soeben dem Staatsrath das Projekt einer neuen Entdeckungsreise vor. Ich will nämlich einen Seeweg nach Indien suchen, der um Afrika herumgehen muß. Sobald ich ihn gefunden habe und von Indien zurückgekommen bin, werde ich Sie bezahlen.

Relusco. Na, das ist eine hübsche Aussicht. Und wenn Sie zu lange ausbleiben, kann ich Ihnen ja nachfahren, nicht wahr, irgendwo werden wir uns schon treffen. Na ja, solche Kundschaften könnten Einem das Geschäft wieder angenehm machen. Gehen Sie zu einem andern Meister, ich bin wirklich nicht brodneidisch.

Basco. Nelusco, ich habe Vertrauen auf Sie.

Nelusco. Herr Oberlleutenant — ich auf Sie nicht.

Basco. Das thut Nichts.

Nelusco. Das thut allerdings Nichts. Aber Anzug kriegen Sie keinen von mir.

Basco. (Streichelt ihn.) Oh doch! Einem Weltumsegler kannst Du Nichts abschlagen.

Vorige. Selica. (Mit Krug und Teller zurückkehrend.)

Selica. Ich weiß zwar nicht, was der Herr will, aber schlagen Sie ihm nichts ab, Herr Vetter.

Basco. Wie, mein Fräulein? Wenn ich nun um Ihre Hand gebeten hätte?

Selica. (Verschämt mit der Schürze spielend.) Mein Gott, so schnell wird's ja doch nicht gehen?

Nelusco. Wenn Du vielleicht Weltumseglerin werden willst, ich habe Nichts dagegen, ich kann Dich ohnehin nicht länger mehr ernähren.

Basco. Was? Dieses reizende Geschöpf würde dem Mangel preisgegeben? Sollte es wirklich wahr sein, daß Sie sich in schlechten Verhältnissen befinden?

Nelusco. Meine Verhältnisse wären so schlecht nicht. Aber Schulden hab' ich in Masse, bezahlen will mich kein Mensch, Credit hab' ich auch keinen mehr, verschiedene Wechsel sind verfallen, ich bin keine Minute sicher, ob ich nicht in den Wasser=thurm von Lissabon abgeführt werde — sonst, wie gesagt, stünde ich ganz gut.

Selica. (Weint.)

Nelusco. Ja, lieber Herr, so ist's! — Selica, wo hast Du meinen Madeira hingestellt? Wo ist der Seekrebs?

Selica. Seekrebs war keiner mehr da — dafür hab' ich ein paar gebratene Hühner genommen.

Relusco. Auch recht.

Basco. Nun, Ihr habt doch wenigstens noch zu leben.

Relusco. Ja, aber das ist auch das Letzte. Diese Hühner werden wir verzehren und uns dann hinsetzen und warten, wie's weiter geht.

Basco. Wenn ich Euch nur wenigstens meine Schuld bezahlen könnte.

Relusco. Oh, auf das kommt's jetzt auch nicht mehr an.

Basco. Halt, ich habe noch —

Relusco. Geld?

Basco. Nein. Einen Gedanken! Ihr wißt doch, ich sagte Euch vorhin, daß ich die Welt umsegle und einen neuen Weg nach Indien und vielleicht noch anderen neuen Erdtheilen entdecken will?

Relusco. Ja. Ein recht guter Gedanke!

Basco. Ihr habt doch schon von Afrika gehört?

Relusco. Allerdings, aber ich kann mich nicht dafür interessiren, weil ich Nichts davon habe.

Basco. Um Afrika muß man herum können, es ist gar nicht anders denkbar. Glauben Sie nicht auch?

Relusco. Schon möglich.

Basco. Bin ich aber um Afrika herum, so hab' ich auch den Weg nach Indien.

Relusco. So, haben Sie ihn nachher?

Basco. Haben Sie noch nie was gehört von Indien?

Relusco. Kann mich nicht erinnern.

Basco. Kennen Sie auch Brama nicht und Wischnu?

Relusco. Den Brama? Kann sein! Aber den Wischnu in keinem Fall.

Basco. Sie werden sich denken können, wie wichtig das für uns ist, wenn wir den Seeweg nach Indien finden.

Relusco. Als Schneider kann ich das nicht so beurtheilen.

Selica. Ich schon!

Relusco. Jetzt spricht die auch wieder drein.

Selica. Ich weiß, daß eine Prinzessin von der Republik Venedig einen Shawl zum Geschenk bekam, der aus Indien stammte und mehr als tausend Goldstücke werth war. Indien soll ein herrliches Land sein, wo Alles in Hülle und Fülle wächst und wo man sogar die Vogelnester essen kann.

Relusco. Hör' auf! Zuletzt fliegen einem gar die gebratenen Vögel in's Maul, in dem Indien.

Basco. Das Fräulein hat ganz recht. Indien birgt ungeheure Reichthümer, aber zu Land ist eben sehr schwer hinzukommen.

Relusco. Könnte man nicht vielleicht einen Stellwagen einrichten?

Basco. Warum nicht? Der müßte von Portugal Morgens fünf Uhr abgehen, durch Spanien, Frankreich und Deutschland fahren und in der Türkei Mittag machen; dann geht's über die Brücke nach Asien hinüber, Nachmittags wird in Persien Cafe getrunken, Abends in Beludschistan noch einmal eingekehrt und Nachts bis 10 längstens halb 11 Uhr kommt man in Indien an.

Relusco. Gute Gäule gehören dazu, das merk' ich schon.

Basco. Scherz bei Seite. Der Weg ist zu Land gar nicht zu machen; er ist zu weit, zu gefahrvoll, zu schlecht, es ist eigentlich gar kein Weg. Wenn wir nach Indien wollen, müssen wir hinschwimmen.

Selica. Ja, schwimmen wir hin.

Relusco. Was hat denn die immer dreinzureden?

Vasco. Du niedliches Geschöpf! Und das Interesse, das sie für Geographie an den Tag legt! Holder Engel, wäre ich mit Dir allein auf einer Insel des Oceans —

Relusco. (Unterbrechend.) Erlauben Sie, Herr Oberlieutenant, Sie sagten vorhin von einem guten Gedanken, den Sie haben. Der wird's doch nicht sein?

Vasco. Ich habe an den Staatsrath von Portugal eine Eingabe gemacht, man möge mir die Mittel zu einer Expedition bewilligen, um Afrika umschiffen und den neuen Handelsweg finden zu können. Ihr könntet mir dabei behülflich sein. Ich bin nämlich bei meinem letzten Schiffbruch in die Nähe eines Landes gekommen, das ich nicht kannte. Am Ufer sah ich Menschen stehen, braun von Farbe, mit Muscheln und Federn geschmückt, so daß ich dachte, wenn ich nur ein paar Exemplare mit nach Hause nehmen könnte. Aber ich hatte genug zu thun, um nicht zu ertrinken, und so verlor ich das Ufer wieder aus den Augen. Wenn Ihr nun wollt, so costümire ich Euch so und färbe Eure Gesichter und schmücke Eure Häupter und führe Euch dem königlich portugiesischen Staatsrath als Bewohner der neuentdeckten Landstriche vor. Wird mir darauf hin das Geld zur Expedition bewilligt, so könnt Ihr entweder mitziehen oder Euch von mir honoriren lassen.

Relusco. Ich lasse mich honoriren.

Selica. Ich gehe mit. Fremde Welttheile zu sehen, war mir schon lange ein Bedürfniß.

Relusco. Was Du für Bedürfnisse hast. Aber Sie werden entschuldigen: mir scheint doch, daß Sie den Staatsrath eigentlich für dümmer halten als er aussieht?

Basco. Ich kenne ihn besser. Ich habe mit den obern Stellen schon zu viel verkehrt.

Relusco. Glauben Sie, daß man uns wirklich für leibhafte und ächte Wilde hält?

Basco. Es kommt eben darauf an, wie Ihr Eure Rollen spielt. Ich hoffe gut.

Selica. Auf mich können Sie sich verlassen. Ich fühle mein Blut jetzt schon ganz afrikanisch rollen.

Relusco. Und woher bekommen wir die wilde Garderobe?

Basco. Ich habe von meinen verschiedenen Seereisen eine reiche Sammlung mitgebracht. Im Versatzhaus wird sie nicht angenommen, der Staat will sie mir nicht abkaufen, also soll er damit betrogen werden.

Relusco. Herr Oberlieutenant, ich hab's zu meiner Nichte vorhin gesagt: wir müssen irgend Etwas anfangen oder auswandern. Von diesem Standpunkt aus betrachtet, sind Sie uns eigentlich gerade recht gekommen. Es soll mich sehr freuen, wenn wir etwas dazu beitragen, um den schwerfälligen Staatsrath in Bewegung zu setzen, dem Welthandel neuen Aufschwung zu geben und dadurch den öffentlichen Wohlstand zu heben, unseren Privatwohlstand vor Allem nicht zu vergessen.

Basco. Die Stunde, wo ich vor dem Staatsrath zu erscheinen habe, ist nicht mehr ferne. Sobald Alles hergerichtet ist, werde ich Euch durch meinen Diener in meine Wohnung holen lassen und Euch dann instruiren, wie Ihr Euch zu benehmen habt.

Selica. Bekomme ich schönes Costüm? Vielleicht einen Goldgürtel, Perlen, viele Muscheln? Besonders bitte ich um einen schönen Federnschmuck.

Basco. Du sollst eine schöne Wilde werden, daß selbst Europäerinnen vor Neid vergehen möchten.

Relusco. Ich thu' mich am leichtesten als afrikanischer Spießbürger und gemüthlicher Menschenfresser.

Basco. Also Adios.

Relusco. Aber lassen Sie uns nicht sitzen. Ich hab' mich jetzt in den Gedanken schon hineingefunden. Meine Verhältnisse sind so, daß ich ein Wilder werden muß, mit oder ohne Muscheln.

Selica. Und ich bin so europamüde —

Basco. Es wird sich Alles machen. Auf Wiedersehen.
(Ab.)

Relusco. Selica.

Relusco. Sag' einmal, Selica, hast Du schon etwas gehört vom Adamastor?

Selica. Nein. Wo logirt der?

Relusco. Der logirt gar nicht, denn er ist ein Gott. Und das haben eben die Götter voraus, daß sie kein Logis zu bezahlen brauchen. Was aber Adamastor betrifft, so ist er ein Gott des Sturmes, und wenn wir einmal auf der See fahren, werden wir ihn kennen lernen. Und wenn dann der Sturm losgebrochen ist, wenn die schwarzen Wolken herunterhängen und die Blitze zucken und die haushohen Wellen hin- und herstürzen und wir in dem ganzen Spektakel so recht mitten drinnen sind, dann werde ich Dir das Lied vom Adamastor vorsingen.

Selica. Warum nicht gar. Wer kann denn da singen? Erstens hat man seine Angst, zweitens ist man pudelnaß, drittens versteht man sein eigenes Wort nicht. Singen Sie mir's lieber gleich jetzt.

Relusco. Auch recht.

(Musik. Einleitung.)

Relusco.

Wer ist Adamastor? Er steht
In keiner Encyclopädie,
In keiner Mythologie,
Kein Lexikon
Weiß was davon.
Er ist nicht von der Moldau und nicht vom Lech,
Er ist kein Kalmucke, er ist kein Tschech',
Kein Römer, kein Germane,
Kein Franzos und kein Afghane,
Kein Croat, kein Dalmatiner,
Kein Frankfurter, kein Berliner,
Kein Zwerg', kein Gnom' und keine Trude,
Kein Heide, kein Christ und kein Jude —
Er ist gar Nichts — er ist Wind!

Wenn Winde selbst schon nichtig sind,
Was ist denn erst Theaterwind?
Aber gesteigerter Wind ist Sturm!
Ein rechter Sturm, ein rabiater,
Ist schrecklich, auch auf dem Theater.

Pechschwarzes Gewölk hängt an hölzernen Latten,
Die Sonne wirft selbst einen furchtbaren Schatten.
Die Wellen am Strick, sie sind kaum mehr zu halten,
Die Luft wird ganz finster und legt sich in Falten.
Erbsen auf dem Trommelfell,
Lineal, geschwungen schnell,
Das gibt Windgeheul und Regen.
Und ein Walk=Cylinderholz
Donnert fürchterlich und stolz,
Wenn sie's über's Brett bewegen.
Blitze um und um —
Colophonium!
Zuletzt schlägt's ein und kracht's,
Das Pulver macht's.

Ein paar Loth griechisch Feuer
Gibt eine Röthe ungeheuer.
Dann gähnt des Meeres Riesenschlund —
Man stürzt hinab —
Jedoch gepolstert ist der Grund.

Die Stürme legen sich, der Vorhang fällt,
So gleicht sich Alles aus in dieser Welt.

Verwandlung.

Sitzungssaal des portugiesischen Staatsrathes.

Diego. Pedro.

Diego. Sehen Sie, Herr Präsident, hier ist der neu restaurirte Sitzungssaal des portugiesischen Staatsrathes. Alles frisch angestrichen und neu tapeziert. Das wird eine Rechnung werden!

Pedro. (Sich umsehend.) Nicht übel. Wozu jenes Gitter?

Diego. Es hat manchmal einen fürchterlichen Zug, in diesem Fall kann man's zumachen. Auch die Sitze der Herren Staatsräthe sind neu und wenn noch einmal einer Schnupftabak auf den Boden wirft, dann soll er sich freuen.

Pedro. Aber ich sehe keine Rednerbühne?

Diego. Das ist ein ganz überflüßiges Möbel. Wenn sie nicht da ist, braucht sie nicht beseitigt zu werden und war sie nie beseitigt, so ist auch der Schwindel ihrer Wiederherstellung nicht möglich. Wir haben in Portugal die Inquisition, wir haben die Tortur, wir haben die Verbannung nach fernen Inseln. Diese Dinge fortbestehen lassen und daneben eine Rednerbühne errichten, gleichsam wie einen Ausguß, um den Groll der

Nation ohne Nachtheil abzusondern, wäre das nicht bittere Ironie? Die Regierung thut was sie will und die Staatsräthe können sagen was sie wollen. Sie sind um dieser ihrer Stellung willen ohnehin nicht zu beneiden, wir brauchen sie nicht auch noch durch Aufstellung einer schön polirten Rednerbühne zu verspotten.

Pedro. Sie haben ganz Recht, Herr Minister. So lange der Himmel einem Lande ein Genie als Regenten oder Genie's als Minister verleiht, sind alle mitberathenden Versammlungen eigentlich überflüßig. Sie können der Regierung Nichts sagen, was sie nicht selber besser wüßte.

Diego. Wenn nun aber eine solche Versammlung Opposition macht, lediglich um zu zeigen, daß sie auf der Welt ist, und wenn die weisen Maßnahmen der Regierung deßhalb Hindernisse erleiden, so soll eine solche Versammlung — der Teufel holen.

Pedro. Ich danke Ihnen im Namen der Versammlung, deren Präsident ich bin.

Diego. Wenn Sie es wieder erzählen wollen, geniren Sie sich nicht. Ich frage nach Euch gar Nichts.

(Nochmalige gegenseitige Verbeugungen.)

Diego. Don Pedro, Ihr seid schon länger Präsident, nicht wahr?

Pedro. Drei Jahre, Excellenz.

Diego. Das freut mich. Ich habe Euch immer geachtet.

Pedro. Bitte, das ist zu viel.

Diego. Ich denke, wir können gute Freunde bleiben. Wenn Ihr einmal etwas braucht, und ich bin noch Minister, es soll mir nicht darauf ankommen.

Pedro. Excellenz sind unendlich gütig und da hätt' ich nun gleich eine Bitte.

Diego. Wollt Ihr einen Orden? Ich werfe Euch gleich ein Großkreuz an den Kopf.

Pedro. Sie haben eine Tochter.

Diego. Ich habe mehrere Töchter. In meiner Stellung macht das Nichts. Der Staat hat sie doch zu pensioniren.

Pedro. Für eine derselben möchte nun ich dem Staat die Mühe abnehmen. Sie soll auf Zeit Lebens versorgt sein. Denn ich liebe sie von ganzer Seele. Es ist Ines.

Diego. Pedro, Ihr seid eigentlich ein alter Esel! (Pedro verbeugt sich.) Weil Ihr nämlich noch heirathen wollt. Doch ich habe nichts dagegen. Was sehe ich: wie herrlich sich das fügt, da kommt sie soeben. Ines, kennst Du diesen Herrn?

Vorige. Ines.

Ines. Vom Sehen.

Diego. Du sollst ihn bald anders kennen lernen. Es ist der Präsident des Staatsrathes, Don Pedro, ein Mann von bedeutendem Vermögen, Besitzer einer großen Oekonomie mit Brennerei, nicht wahr? bezieht außerdem 1000 Dukaten Jahresgehalt. Eine bessere Parthie kannst Du nicht machen. Er will Dich heirathen und ich habe ihm bereits Dein Jawort gegeben

(Musik. Recitativ.)

Ines.

Weh mir! — Ich habe —

Diego.

Um Gottes Willen — was hast Du —

Pedro.

Was hat sie?

Ines.
Schon einen — Oberlieutenant!

Diego und Pedro.
Ha!

Ines.
Ohne ihn gibt es kein Dasein für mich.

Diego.
Wozu brauchst Du ein Dasein?

Pedro.
Wie heißt er?

Ines.
Vasco de Gama.

Pedro.
Wie? Jener Vasco, der mit Diaz abfuhr?

Ines.
Derselbe. Ich erwart' ihn jede Woche.

Pedro.
Vergebens! Diaz' Expedition schlug fehl.
Versunken ist die Flott' mit Mann und Maus.

Ines.
Mit Mann?

Pedro und Diego.
Und Maus!

(Dialog.)

Pedro. Wenn Ihr's übrigens nicht glauben wollt, Fräulein, hier habe ich die Verlustliste. Sie ist soeben erschienen und auf dem Ministerium um 3 kr. zu haben. Erlauben Sie mir, daß ich suche. (Liest für sich Namen.) Speckmeier, Hintermeier, Ober=

meier, Mittermeier, Strohmeier — jetzt muß er bald kommen — da steht er schon: Vasco de Gama, Oberlieutenant, erschossen und ertrunken. Das langt.

Diego. Ich sehe schon mehrere Staatsräthe kommen. Zu Ines.) Geh'! In Betreff Don Pedro's lasse ich Dir vollkommen freien Willen, doch wenn Du ihn nicht nimmst, enterbe ich Dich.

Ines. Wir haben ja ohnehin Nichts. (Ab.)

Diego. Pedro. Staatsräthe von verschiedenen Seiten einmarschirend.

(Musik.)

Staatsräthe.

Wir sind der Staatsrath Portugal's,
Gescheidte Männer jedenfalls.
Staatsrath hin, Staatsrath her —
Wer das wurde, braucht nicht Mehr.

Pedro.

(Nach links und rechts weisend.)

Hier sitzen die ordentlichen,
Und hier die außerordentlichen

Tutti.

Staatsräthe —

Pedro.

Portugal's.

Tutti.

Portu-, Portu-, Portugal's.

(Dialog.)

Ein Staatsrath. (Ruft.) Ich bitte um's Wort.

Diego. (Barsch.) Seien Sie ruhig!

Pedro. Meine Herren, ich begrüße Sie in diesem schönen neuen Saale. Um uns aber durch unsere Berathungen nicht zu sehr anzustrengen, wollen wir jetzt — eine kleine Pause machen!

(Musik.)

Conversation der Staatsräthe.

Nach einiger Zeit erscheint ein Ceremoniarius mit einem Stabe. Alles setzt sich. Allgemeine Stille.

Ceremoniarius. Der Großinquisitor von Portugal, Excellenz.

Allgemeiner Ausruf. Ah!

Ein Theil der Staatsräthe erhebt sich.

Mehrere Staatsräthe. Sitzen bleiben. Wegen dem Groß=inquisitor da!

Andere. Nein, aufstehen!

Pedro. Meine Herren! Laßt uns abstimmen! Wer dafür ist, daß man sitzen bleibt, der erhebe sich! Wer dagegen ist, der bleibe sitzen! (Es geschieht.)

Musik. **Großinquisitor** erscheint.

Großinquisitor.
Großinquisitor, ja ich bin's,
Den alle Ketzer hassen.
So viel ich wollte, könnte ich
Noch heut' verbrennen lassen.
Ich aber bin sehr tolerant
Und leb' und lasse leben.
Wenn sie nur pünktlich den Gehalt
Mir jeden Monat geben.

(Spricht.) Guten Morgen, meine Herren. Haben Sie schon

lange auf mich gewartet? Ich konnte nicht eher kommen. Mein Kammerdiener brachte mir gerade beim Frühstück ein neuerschienenes Werk in 8 Bänden. Das mußte ich noch geschwinde durchlesen.

Diego. Und verbieten.

Großinquisitor. Im Gegentheil. Ich lasse Alles passiren. Mein Collega in Spanien ärgert sich schändlich darüber. Aber warum soll denn ich gerade das thun, was der thut? Mir macht's jetzt einmal Spaß, freisinnig zu sein. — Was liegt denn heute für ein Berathungsstoff vor?

Pedro. Eigentlich gar keiner.

Großinquisitor. Dann beantrage ich, daß wir bald die Osterferien antreten und gleich die Pfingstferien damit vereinigen.

Pedro. Wird der Antrag unterstützt?

(Alles erhebt sich.)

Pedro. Der Antrag ist einstimmig unterstützt. Meine Herren, ich meine: wir machen jetzt wieder eine kleine Pause zur Erholung.

(Conversation. Erfrischungen werden herumgereicht. Nach einer Weile bringt ein Bote ein Schreiben, das er Don Pedro übergibt. Dieser liest es und schellt sodann.)

Pedro. Meine Herren. Jetzt haben wir gleich einen Berathungsstoff.

Mehrere Staatsräthe. (Sich hinter den Ohren kratzend.) Auh weh. Wir haben schon geglaubt, wir dürfen wieder gehen.

Pedro. Meine Herren! Sie wissen: Portugal ist ein kleines Land, das eigentlich größer sein sollte. Aber wie ist da zu helfen? Von Spanien können wir nichts annectiren, denn dazu gehören zwei oder eigentlich drei: nämlich Einer, der annectirt, Einer, der sich annectiren läßt, und ein Dritter, der zuschaut. Nach dem atlantischen Meer hin können wir uns auch nicht ausdehnen. Deßhalb wurde im vorigen Jahre der Admiral=lieutenant Ferdinand Diaz, Excellenz, ausgesandt, um irgend ein Land aufzusuchen, das geeignet wäre, unseren Finanzen aufzu=helfen. Wie Sie wissen, ist diese Expedition in Folge un=günstiger Witterung zu Grunde gegangen. Ein einziger Ober=lieutenant hat sich aus dem Schiffbruch gerettet und von ihm stammt eben diese Eingabe.

Großinquisitor. Wie heißt dieser wasserdichte Oberlieutenant?

Pedro. (Die Unterschrift besehend.) Vasco de Gama.

Diego. (Leise zu Pedro.) Wie, das ist ja derjenige, in Betreff dessen meine Tochter sagte — (Räuspert bedeutsam.)

Pedro. Allerdings, aber lassen Sie mich nur machen. (Gegen die Versammlung.) Er behauptet, das gewünschte Land müsse sich finden, und wenn man ihm auf Regiekosten ein Schiff ausrüste, so mache er sich verbindlich, es auf der anderen Seite von Afrika zu entdecken.

Großinquisitor. Hm! Es fragt sich da nur, ob Afrika eine andere Seite hat?

Diego. Gegen die Zumuthung, das Unternehmen auf Staatskosten zu bestreiten, protestire ich. Wir haben zwar einen Reichsreservefond, aber davon muß die neue portugiesische Zeitung unterstützt werden; auch brauchen wir Geld für Feuersbrünste, Erdbeben und andere wohlthätige Zwecke. Ich schlage vor, der rührige Oberlieutenant soll sehen, ob er für sein Unternehmen nicht eine Aktiengesellschaft zusammenbringt.

Pedro. Darüber wollen wir debattiren, wenn wir ihn selbst gehört haben. Er steht draußen. (Leise zu Diego.) Erheben Sie keine Schwierigkeiten! Ich bin froh, wenn er wieder auf dem Wasser schwimmt. Dießmal ersäuft er vielleicht definitiv.

Diego. Meine Herren, ich bin dafür, daß wir den Oberlieutenant v. Gama hereintreten lassen. Will Jemand das Wort dagegen?

Ein älterer Staatsrath. (Sich meldend.) Ich.

Pedro. Seien Sie stille! Wir kommen ja sonst nicht vorwärts. Wenn also Niemand das Wort ergreift, so ist sein Eintritt genehmigt.

(Musik.)

Vasco tritt auf. Verbeugt sich gegen Alle.

Pedro. Also Sie sind der schiffbrüchige Oberlieutenant?

Vasco. Zu dienen.

Pedro. In der officiellen Liste steht, daß Sie ertranken oder erschossen wurden? Können Sie dieser aktenmäßigen Angabe widersprechen?

Vasco. Ich weiß nicht, wie jene Angabe in die Akten kommt. Ich kann ihr nur meine persönliche Anwesenheit entgegensetzen.

Pedro. Hm! Also eigentliche Beweismittel vermögen Sie dagegen nicht beizubringen. Gut denn. Erzählen Sie.

Vasco. Wie wir von Portugal abfuhren, wissen die Herren selbst. Nach einigen Tagen hätten wir gerne bei den canarischen Inseln angelegt, aber das Geschrei der Canarienvögel war so fürchterlich, daß wir es vorzogen, weiter zu fahren. Uns weder am Wendekreis noch am Aequator aufhaltend, kamen wir immer südlicher, bis sich eines Morgens ein herrliches Vorgebirge unseren Blicken zeigte. Auf einem der nächsten Berge sahen wir mehrere schwarze Bursche hin- und herlaufen und

Einer von unseren Leuten rief: Was sind denn das für Hottentoten? Allgemeines Gelächter. Der Admiral erklärte, daß dieses Volk von nun an so heißen solle. Ich wurde mit einiger Mannschaft an's Land geschickt, wo ich sogleich auf ein Haus zuging, das mir nach dem Aushängschild eine Weinkneipe zu sein schien. Wirklich erfuhr ich auch, daß hier sehr guter Capwein geschenkt wird, die Flasche nach unserm Geld etwa zu 4 Groschen. Wir kehrten ein, aßen Austern, Schlangenschinken und etwas Löwenzunge. Auf mein Befragen erklärte der Wirth, daß wir uns auf der Südspitze von Afrika befänden. Ich wollte schon aufbrechen, um dem Admiral diese frohe Nachricht zu bringen, als mein Blick auf ein Mädchen fiel, das in der Schenke bedienstet war. Ihre Farbe war lichtbraun, ihre Züge feingeschnitten, das Haupt mit reichem Schmuck versehen und die Hüfte mit einer Robe von kostbaren Federn geschmückt.

Mehrere ältere Staatsräthe. Ah!

Großinquisitor. (Wohlgefällig lächelnd.) Sieh', sieh', sieh'!

Basco. Ich näherte mich ihr theilnahmsvoll.

Die jüngeren Räthe schlagen ein Gelächter auf.

Pedro. Bitte um Ruhe!

Basco. Sie gestand mir, was ich eigentlich selbst sah, daß sie nämlich keine Hottentotin sei, sondern aus einem östlicher gelegenen Land stamme. Auf einer Seefahrt begriffen, litt sie Schiffbruch und wurde als Sklavin hieher verkauft. Inniges Mitleid, Sympathien der reinsten und lautersten Art regten sich in mir, weßhalb ich ihr den Vorschlag machte, mit mir durchzubrennen. Sie willigte ein. Jedoch nur unter der Bedingung, daß sie auch ihren Onkel mitnehmen dürfe. Sie können sich meinen Schrecken denken. (Heiterkeit.) Sie stellte mir den Mann vor, dem ganzen Aussehen nach ein Menschenfresser, der aber seinem Appetit schon lange nicht mehr gefröhnt hatte. Wir nahmen beide in unsern Kahn und brachten sie auf's Admiralschiff. Diaz war nun fest überzeugt, daß wir auf dem Weg nach dem indischen Ocean seien. Dem Onkel wurde das Beste aus der Küche vorgesetzt und er belehrte sich endlich zu unserem Speisezettel. Ja, er trank sogar Champagner und ließ sämmtliche Fürsten Europa's leben.

Diego. Dieser Wilde hat zahme Anlagen.

Vasco. Nachdem wir noch einige Tage gefahren waren, fiel plötzlich der Barometer, schwarze Wolken stiegen auf, es fing an zu pfeifen und zu heulen. Das Admiralschiff stieß die zwei andern kleineren Fahrzeuge in den Grund, bekam selbst einen Leck und sank. Ich saß in stummer Verzweiflung auf dem Hintertheil des Schiffes. Plötzlich krachte es, derselbe war losgebrochen, das wilde Mädchen und der Onkel schwammen um mich herum; ich zog das Mädchen herauf, aber der Onkel schwang seine Keule und zwang mich, ihn ebenfalls zu retten. Ein mir befreundeter Schiffslieutenant, der noch auf dem Wrak stand, warf uns ein Kistchen Zwieback und eine Büchse Consommé zu und so ließen wir uns forttreiben. Als der nächste Tag anbrach, sah ich nichts mehr, als Himmel und Wasser. Mein einziges Bestreben ging dahin, den gefährlichen Onkel bei guter Laune zu erhalten, weßhalb ich ihm fortwährend Zwieback gab. Ich und Selica, so heißt das Mädchen, lebten vom gegenseitigen Jammer. So ging's fort, mehrere Tage und Nächte. Die letzte Büchse Consommé war fast verzehrt und ich bemerkte, daß der Onkel heimliche Blicke auf mich heftete. Plötzlich zeigt sich ein Schiff. In Ermangelung von Sacktüchern winkten wir mit den Händen. Vergeblich. Da blies der Alte in seine Keule; dieselbe ist nämlich zugleich Blasinstrument und existirt bei den Wilden eine Prophezeiung, daß einst in ferner Zukunft eine Musik kommen wird, bei der solche Töne eine Rolle spielen. Also der Onkel blies.

(Dumpfer Ton eines Muschelhorns hinter der Scene.)

Hören Sie ihn? Das Schiff näherte sich und brachte uns, um es kurz zu machen, nach Europa.

Diego. Mein Herr, wo haben Sie gelernt, so unverschämt zu lügen?

Basco. Lügen? Wenn Sie mir nicht glauben, so glauben Sie wenigstens den zwei unverdorbenen Naturmenschen, die ich mitgebracht habe und die des Rufes harren, um einzutreten.

Mehrere Staatsräthe. Was? Sie sind hier?

Basco. Beide.

Großinquisitor. (Auffahrend.) Gegen den Eintritt des menschenfressenden Onkels verwahre ich mich.

Pedro. Seien Sie ganz ruhig. Wenn er Ihnen etwas thut, rufe ich ihn zur Ordnung! — Die beiden Afrikaner oder vielmehr Nichtafrikaner sollen eintreten.

Musik. **Nelusco** und **Selica**, als Wilde phantastisch costümirt, treten ein.

Selica melancholisch und verschämt. Nelusco einen Tanz aufführend und die Keule da und dorthin schwingend. Einzelne Staatsräthe fürchten sich und springen auf die nächsten Bänke.

Pedro. Komm' heran, Mädchen, wie heißt Du?

Selica. Selica.

Pedro. Woher bist Du?

Selica. (Pantomimisch die Ferne andeutend.)

Pedro. Kennst Du diesen Mann?

Selica. (Nickt.)

Pedro. Liebst Du ihn vielleicht?

Selica. (Nickt.)

Pedro. Er Dich auch?

Selica. (Zuckt die Achseln.)

Pedro. Und Ihr, wie heißt Ihr?

Nelusco. Nelusco. So nannte man mich auf dem Schiff. Von Haus aus heiße ich Tschin-Tschin-Tang-Tang-Ruptara.

Pedro. Woher seid Ihr?

Nelusco. Ich bin ein ostindischer Archipelagianer.

Pedro. Sprecht Ihr portugiesisch?

Nelusco. Nein, aber deutsch.

Pedro. Wovon habt Ihr bisher gelebt?

Nelusco. Früher von erschlagenen Feinden und verstorbenen Verwandten. Später von Schaffleisch, Zwieback, Rüben und hie und da etwas Schnaps.

Pedro. Wie kommt Ihr hieher?

Nelusco. Das weiß der Teufel. Ich litt Schiffbruch und wurde an's Cap verschlagen. Von dort versprach mir dieser Mann, mich in meine Heimath zurückzuführen. Statt dessen brachte er mich hieher. Wenn ich ihn einmal allein erwische, ziehe ich ihm die Kopfhaut ab und mache mir einen Tabaks= beutel daraus.

Pedro. Also seid Ihr nicht gerne hier?

Nelusco. Nein, denn ich hasse alle Christen und auch die meisten Juden.

Pedro. Ist das Eure Verwandte?

Nelusco. Ihr Vater war mein Bruder. Ich habe ihn aufgegessen und sie nachher an Kindesstatt angenommen.

Pedro. In welcher Gegend liegt denn eigentlich Eure Heimath?

Nelusco. War einer von den Herren schon am Cap?

Stimmen. Nein.

Relusco. Nun, da liegt rechts ein großes Wasser, links ebenfalls. Man läßt beide liegen und fährt gerade aus. Nach einigen Wochen kommt man an eine Insel, dort lebt ein Verwandter von mir, der den Elephanten die Zähne ausreißt. Er ist ein braver Mann und versteht sein Geschäft.

Basco. Ich habe die Route genau aufgezeichnet. (Uebergibt Pedro Papier.)

Relusco. Mit verbundenen Augen findet man hin, man braucht nur unterwegs nicht zu ersaufen.

Basco. Hohe Herren, seid nicht knickerisch. Bewilligt mir ein Schiff, oder gebt mir das Geld dazu.

Relusco. Oder noch besser, gebt uns Schiff u n d Geld.

Pedro. Wir wollen's überlegen. Tretet ab.

Musik. Relusco und Selica tanzen ab, letztere graziös, ersterer grotesk, die Keule schwingend und Zähne fletschend.

Fortgesetzter Staatsrath.

Großinquisitor. Dieser alte Wilde scheint ein unverbesserlicher Kerl. Das Mädchen hingegen gefällt mir.

Ein Staatsrath. Ja, die wäre mir auch lieber, als der Onkel.

Großinquisitor. Schade, wenn so eine schöne Seele verloren geht. Ich hätte gute Lust, sie à la Mortara zu behandeln.

Diego. Da bei uns religiöse Freiheit herrscht, so wird Ihnen Nichts in den Weg gelegt.

Pedro. Was sagen die Herren zu dem Projekte selbst?

Einige Staatsräthe. Nun, es ist nicht ohne.

Pedro. Es ist freilich nicht ohne. Aber warum sollen wir diesem jungen Oberlieutenant, diesem subalternen Menschen den Ruhm überlassen? Das schadet ja uns, wenn der gescheidter ist als wir! Von der Regierung müssen alle guten Gedanken ausgehen, wir sind die Autorität!

Die Staatsräthe. Ganz richtig.

Diego. Aber was wird Vasco sagen?

Pedro. Vasco? Den sperrt man einfach ein.

Großinquisitor. Ganz richtig.

Pedro. In dieser Beziehung verlassen wir uns auf den Herrn Großinquisitor.

Großinquisitor. Sehr gerne. Ich bin froh, wenn ich für mein Geld einmal etwas zu thun bekomme.

Pedro. Also meine Herren, wir haben uns verstanden, nicht wahr?

Allgemeine Zustimmung.

Pedro. (Winkt dem Stabträger.) Halten Sie ungefähr 8 bis 10 Gensdarmen bereit und lassen Sie die Leute wieder eintreten.

(Stabträger geht ab und führt hierauf Vasco mit Nelusco und Selica wieder herein.)

Vasco. Nun, hohes altes Haus, was hast Du beschlossen?

Pedro. Man hält dafür, daß Ihr ein Schwindler seid.

Vasco. Wär' nicht übel.

Großinquisitor. Nicht nur das, sondern auch ein Ketzer, ein Meineidiger, ein Kirchenräuber, ein Brandstifter, ein Vatermörder, ein Rebell.

Vasco. Sonst Nichts mehr?

Großinquisitor. Ihr wollt neue Länder entdecken und so

zu sagen um die Erde herumsegeln? Da müßte ja die Erde so rund sein, wie ich.

Vasco. Das ist sie auch, und oben gleichfalls platt.

Großinquisitor. Wenn die Erde rund wäre, müßte sie sich drehen können.

Vasco. Sie dreht sich auch.

Großinquisitor. (Entrüstet.) Nein! Wie oft müssen wir das noch sagen, daß sie sich nicht dreht!

Vasco. Es scheint, man will mich galileisiren? Und sie dreht sich doch!

Großinquisitor. Werft ihn in's Bezirksinquisitionsgefängniß links des Tajo. — (Milde) Für das Unterkommen der beiden Ungläubigen werde ich sorgen.

Selica. (Hängt sich an Vasco's Arm und deutet an, daß sie nicht von ihm lasse.)

Großinquisitor. Aha! Ich hab' mir's gedacht, sie geht ihm nicht von der Seite.

Nelusco. Wo sie bleibt, bleib' ich auch und ich will sehen, wer mich hier wegbringt.

Diego. Gensdarmerie!

Nelusco. Und ich sage: Nie!

Die Gensdarmen machen Miene, anzugreifen, lassen sich jedoch durch Nelusco's geschwungene Keule und sein Fletschen und Schnappen immer wieder zurückschrecken.

Großinquisitor. Laßt sie beisammen, sonst gibt's noch ein Unglück!

Vasco. Also wäre ich wirklich durchgefallen mit meinem Projekt?

(Musik.)

Chor der Staatsräthe.

Der gebietende Rath hier in des Königs Namen,
Der überall nur will des Vaterlandes Wohl,
Er weist zurück, was Ihr verlangt,
Erklärt den Plan für Wahnwitz.   Ja!

Basco.

Könnt Ihr lesen, könnt Ihr schreiben —
Saht Ihr meine Karten?
Und Wahnwitz nennt Ihr's?
Ihr — Ihr alten Esel!

Tutti.

Zur Ordnung!

Großinquisitor.

Esel — hab' ich recht verstanden?
Ungeheurer Frevel — dieser Esel schreit zum Himmel!
Ew'ger Kerker sei sein Lohn
Und lebenslängliches Gefängniß seine Strafe.

Chor.

Verflucht! Verdammt! — Versagt sei ihm
Selbst Wasser, Wein, Cafe.
In's Burgverließ, und nachher geh'
Er zum Autodafé.

Verwandlung.

Gefängniß.

Basco. Nelusco. Selica.

Basco. Himmel Donnerwetter Chronometer! Ein einge=
sperrter Seemann ist das Lächerlichste, was es gibt.

Relusco. Wir sind nicht Schuld daran, wenn der Staatsrath auf Ihre Idee nicht einging.

Vasco. Ihr habt Eure Sache sehr gut gemacht. Sowohl Ihr, als auch Selica.

Relusco. Von Selica kann man wenigstens nicht sagen, daß sie sich irgendwie verschnappt hätte.

Selica. Lieber Vasco!

Vasco. Was soll's?

Selica. Willst Du Dich nicht ein bischen auf's Sopha legen?

Vasco. Ich bin nicht müde.

Selica. Ich bitte Dich, leg' Dich nieder.

Vasco. Aber Liebe, ich bin ja gar nicht schläfrig. Warum soll ich mich denn niederlegen?

Selica. Weil ich gerne eine Schlummerarie singen möchte.

Vasco. Ah so! Das ist was anderes. (Legt sich.)

Relusco. Wie mich das Unglück verfolgt, das ist nicht zum Aushalten. Ich hatte mich so mustergiltig ausstaffirt, daß kein Naturforscher meine europäische Schneiderrace mehr hätte erkennen können. Statt daß nun Herr Vasco eine Unterstützung aus Staatsmitteln erhält und ich auch einen Theil davon, werden wir alle drei eingesperrt. Da dürfen wir lange sitzen, bis unser Prozeß entschieden ist. Ich könnte ihn gleich beuteln. — Und ich beutle ihn auch. (Stürzt auf Vasco zu.)

Selica. (Tritt schützend dazwischen.)

Schlummerarie.

Selica.

Engelsschlummer
Ohne Kummer!
Wenn der Mensch nichts weiß,
Macht ihm auch nichts heiß.
Nur immer zu
In süßer Ruh'.

(Vasco schnarcht einige Mal sehr stark.)

Horch — ein Schnarcher war's!
Nein, ruhiger kann kein Säugling liegen
        In seiner Wiegen,
Und holder schläft kein Amorettchen
        Im Rosenbettchen.
Nur immer zu
In süßer Ruh'.

(Vasco strampelt mit den Beinen und wirft sich hin und her.)

Oh, welch' ein himmlisch Bild umgaukelt jetzt wohl seine Seele?
Der sanfte Gott des Traums läßt sich zu ihm hernieder.
Vor Wonne hebt sich seine Brust,
Man sieht: er schwelgt in Himmelslust!
Oh glücklich, wer in seinen Träumen lebt.
Bin ich's vielleicht, die ihm vor Augen schwebt?
Nur immer zu
In süßer Ruh'.

    Vasco. Bist Du fertig? Darf ich erwachen? (Steht auf.)

    Relusco. Das gibt eine schöne Geschichte, wenn der Betrug entdeckt wird. Die Staatsräthe, die sich vor mir gefürchtet haben, werden sich schämen und gräßliche Rache nehmen.

    Vasco. Mein Plan wird doch noch durchgesetzt. Ich bekomme ein Schiff und Ihr geht mit.

Relusco. Wohin denn?

Basco. Nach Indien. Das wäre doch der Kuckuck, wenn sich der Seeweg nicht finden ließe.

Selica. Da hängt eine Karte von Afrika. Wir dürfen ja nur hier herumfahren, das ist ganz einfach. (Macht mit Rothstift einen Strich um Afrika.)

Basco. Mädchen, Du hast einen göttlichen Gedanken. Herumfahren — es braucht nichts weiter; das ist so einfach wie das Ei des Columbus. O Selica, ich wünsche mir auf dem Meer des Lebens keine andere Führerin als Dich!

Relusco. Herr Oberlieutenant, ich muß Ihnen sagen: diese Späße taugen Nichts. Haben Sie auf meine Nichte ernstliche Absichten, so sagen Sie's. Sollten Sie aber nur schnödes Spiel treiben wollen — (greift zur Keule) so werde ich Ihnen zeigen, was ein gereizter Onkel im Stande ist.

Basco. Laßt uns nur erst wieder frei sein, dann wollen wir über die Sache weiter reden.

Basco.

Des Dankes Empfinden
O nie soll es schwinden.
Mein Herz soll's verkünden
Zum Himmel empor.

Selica.

Sollt' er Liebe empfinden?
Mög' er niemals verschwinden!
Aus verschiedenen Gründen
Kommt dieß manchmal vor.

Relusco. Horch, es werden Schlüssel angesteckt. O weh! Jetzt geht's zum Verhör. Wenn sie mir von Amtswegen das Gesicht waschen, so kommt jedenfalls mehr heraus, als seiner Zeit bei dem Bayreuther Mohren.

Vorige. Pedro. Ines.

Basco.

Was seh' ich — Ines?

Ines.

Ha, diese Schwarze!

Selica.

Ha, diese Weiße!

Beide.

Diese Weiße — diese Schwarze —
Weiße — Schwarze u. s. w.

Ines. Herr Oberlieutenant, Sie sind frei und zum Capitän befördert.

Basco. Zwei herrliche Botschaften. Aber warum dieser kalte Ton? Wir haben uns doch über ein Jahr nicht mehr gesehen und Sie sagen gar Nichts: ob ich gut oder schlecht aussehe?

Pedro. Sie ist meine Frau.

Basco. O Himmel! seine Frau! — Weh' mir! — Aber es thut nichts.

Pedro. Die edle Ines gab mir ihre Hand, unter der Bedingung, daß ich für Eure Befreiung sorge.

Basco. Oh! (Küßt Ines die Hand, leise.) Meine Gefühle für Euch bleiben ewig unverändert!

Ines. So? Was würde jene Person dazu sagen, unbekannt woher?

Basco. Wenn Ihr in dieser Richtung nur den leisesten Verdacht habt, so will ich ihn augenblicklich zerstreuen. (Laut.) Nehmt diese beiden Sklaven, ich schenke sie Euch!

Relusco. Was?

Basco. Nur zu. Ihr gehört nun diesem Herrn und dieser Dame.

Nelusco. Ah! das ist nicht übel. Zum Herschenken, hätt' ich geglaubt, wären wir doch zu gut.

Pedro. (Die Hände auf Selica's und Nelusco's Schultern legend.) Braune Kinder der tropischen Sonne! Ihr habt wohl starke Sehnsucht nach dem Wendekreis des Krebses?

Nelusco. Krebse sind mir nicht zuwider.

Pedro. Ihr könnt es wohl kaum mehr aushalten vor Heimweh?

Nelusco. Na, es passirt.

Pedro. In zwei bis drei Monaten gedenke ich Euch der Heimath wieder zu geben. Wir stechen heute noch in See.

Nelusco. Wer sticht?

Pedro. Wir! Die Regierung hat ein Schiff meinem Commando unterstellt und mich beauftragt, den Seeweg nach Indien zu suchen.

Basco. Ha, schändlich! Ihr habt mir meine Idee gestohlen! Dieser Verrath verdient der Nachwelt mit Trompeten und Pauken verkündigt zu werden! Ich werde wahnsinnig, ich renne mit dem Kopf durch die Wand. (Stößt seinen Kopf an eine Wand und durchlöchert dieselbe.)

Musik. Offiziere. Seeleute. Matrosen.

Chor.

Einsteigen! Einsteigen!
Zu Schiffe, es ist Zeit.
Der Wind, der rechte geht,
Wir kommen sonst zu spät.

Ines.
Leb' wohl!

Basco.
Und ich muß bleiben — es zerreißt mir das Herz.

Selica.
Und ich muß mit — welch ein gräßlicher Schmerz.

Pedro.
Schon umgaukeln mich Indiens duftende Bilder.

Nelusco.
Wie beiß' ich mich 'raus, ich bepinselter Wilder!

Tutti.
Auf! Fort! Nach dem Cap.

Nelusco.
Meine Keule, sie ist nur von Papp.

Basco.
Fluch Dir, Dein Schiff bekomme einen Leck.

Pedro.
Gleich unterhalb Afrika fahren wir um's Eck.

Verwandlung.

Ein Schiff auf hoher See.

Pedro, mit **Ines** auf dem Verdeck spazieren gehend. **Nelusco**, sitzend.

Pedro. Nun, liebe Frau, wie unterhältst Du Dich auf der Entdeckungsreise?

Jues. Recht gut. Einen Tag Himmel und Wasser, den andern Tag Wasser und Himmel, dazwischen hie und da ein paar Sturmvögel. Man könnte sich's nicht schöner wünschen.

Pedro. Wir sind jetzt unter dem 24. Grad der südlichen Breite und dem 30. der östlichen Länge.

Jues. So? (Lorgnettirt in die Ferne.) Sehr hübsch. Unter dem 23. Grad war's aber auch nicht übel.

Pedro. Und wie unterhältst Du Dich, Nelusco?

Nelusco. Ganz prächtig. Ich finde, daß das Schiff außerordentlich schnell geht. Sehen Sie nur. (Deutet auf's Wasser.)

Pedro. Der Wind ist uns günstig.

Nelusco. Das ist sehr schön von dem Wind. Der Wind hat ja eigentlich Nichts nach uns zu fragen. Er könnte uns eben so gut ungünstig sein, wenn er wollte, der Wind.

Pedro. Was macht Selica?

Nelusco. Die schläft in der Cajüte. Sie hat gesagt, wenn was Interessantes kommt, soll ich sie heraufholen. Ich für meinen Theil will jetzt ein wenig fischen.

Pedro. Auf was denn?

Nelusco. Auf Alles, was anbeißt: Delphine, Seeschlangen. Am liebsten wär' mir's, wenn ich ein Meerfräulein fangen könnte. Das sollen gar so liebe Narren sein.

Pedro. Hast Du Angelzeug?

Nelusco. Freilich. Sehen Sie nur den Haken. Jetzt wird angeködert. (Steckt eine Wurst und ein Weißbrod an.) Nun merken Sie auf, vielleicht haben wir Glück. Aber ich muß Acht geben, denn ich bin erst gestern an einem unterseeischen Baumgipfel hängen geblieben.

(Kommt mit dem Köder an die Oberfläche des Wassers. Man sieht einen Fisch darnach schnappen.)

Jnes. War das eine Forelle?

Relusco. Ja wohl, das war eine Forelle. Aber eigentlich war's ein Haifisch.

Jnes. O pfui! Wenn wir einen fangen, was thun wir denn nachher damit?

Relusco. Dann schlagen wir ihn ab. Wir können ihn aber auch todt kitzeln. — Geben Sie Acht — hat ihn schon! (Die Schnur wird sehr straff angezogen. Relusco hält aus Leibeskräften.) Ich bitte, halten Sie mich, sonst reißt er mich sammt dem Angelstock in's Wasser. (Die Schnur schnellt zurück.) Jetzt haben wir den Teufel. Wurst und Brod hat er 'runtergefressen und den leeren Hacken läßt er uns. Ja, die Haifische sind nicht so dumm, als wir manchmal aussehen! Der beißt heute nicht mehr.

Jnes. Eine Meerjungfer sollten Sie zu erwischen suchen. Aber die gehen wohl nicht auf so gemeinen Köder?

Relusco. Vielleicht auf Gansleberpastete und eine Flasche Champagner?

Jnes. Oh, ein Stück Kuchen thut's wohl auch. (Zieht ein Stück Kuchen hervor und gibt es Relusco, der sofort anködert.) Sehr schön! Aber daß mir nicht etwa eine alte Meermadame kommt, sonst reut mich der Kuchen. (Läßt den Kuchen auf den Wellen spielen.)

Meerfräulein
(erscheinen und singen):

Seh' den Kuchen hangen,
Möchtest uns gern fangen?
O Du schlauer Schlingel.
Wagala, Weya,
Regen und Schneia!
Möchtest mich gern fischen?
Laß' mich nicht erwischen.

Relusco. Jetzt schau' ein Mensch die Racker an. Die gnädige Frau hat zu laut gesprochen; sie haben uns offenbar belauscht, sonst hätten sie dem Kuchen nicht widerstehen können.

Pedro. Recht schade, so ein Doppelgeschöpfchen hätte ich gar zu gerne nach Hause mitgebracht.

Ines. Läßt sich denn eine Meerjungfer, die schon einmal angebissen hat, noch erhalten?

Relusco. O ja, wenn sie sich nicht gar zu stark beschädigt hat. Luft, Wasser und Zeit heilen ja Alles.

Ines. Mir kommt ein Gedanke. (Leise.) Ich habe einen sehr hübschen Hut bei mir. Es ist zwar nicht mehr die allerneueste Façon, aber was wissen denn die Meerfräuleins unter diesem Breitegrad?

Pedro. Das glaube ich auch, daß der Bazar hier nicht sehr stark verbreitet ist. Her damit.

Relusco. Ein Toilettegegenstand hat noch immer seine Schuldigkeit gethan!

(Ines ab.)

Pedro. (Späht herum.) Im Vertrauen, Relusco, mir gefällt die Gegend nicht mehr.

Relusco. Warum denn? Es wird doch ein Wasser sein, wie das andere?

Pedro. Ich meine — ich fürchte: wir haben den Weg verfehlt.

Relusco. (Reißt ihm das Perspektiv aus der Hand, sieht hinaus und gibt es ihm gleich wieder zurück.) Keine Idee, was fällt Ihnen denn ein? Das ist die schnurgerade Straße, wir können gar nicht fehlen!

Pedro. Merkwürdig, wie gut Du Dich auskennst!

Relusco. Uebrigens, wenn Sie mir nicht glauben, wie

haben Gelegenheit, zu fragen. Dort kommt gerade ein Schiff. Was für eine Flagge? Eine Flasche Bordeaux mit einem Kranz von Austern umgeben. Scheint ein Hamburger Schiff zu sein.

(Das Schiff streicht im Hintergrund vorüber.)

Relusco. (Durch's Sprachrohr.) Sie! Entschuldigen Sie! Haben Sie nicht einen Augenblick Zeit?

Antwort aus dem Hintergrund. Nein!

Relusco. Sagen Sie nur geschwind, ob's hier in der Nähe um Afrika herumgeht?

Antwort. Weiß nicht.

Relusco. Sind Sie denn nicht bekannt hier? Sie müssen doch irgendwo herkommen?

Antwort. Lassen Sie uns ungeschoren.

Relusco. Danke für die freundliche Auskunft. (Zu Pedro.) Sie brauchen keine Angst zu haben; wir sind auf dem rechten Weg. Ich kenn's ja an der Sonne! Und Nachts kenn' ich's am Mond auch. Ich kenn's ja an Allem.

Pedro. Nun, ich wünsche, daß Du recht hast! Fische weiter.

Vorige. Ines.

Ines. Da hab' ich ein wunderschönes Hütchen.

Meerfräulein
(erscheinen wieder und singen):

Wunderschöne Schaukel,
Wo ich immer gaukel,
Auf den Wasserwogen.

Puppala peya,
Vielweiberey!
Sultan sein im Meere,
Welche Lust das wäre!

Nelusco. St! (Gibt Pedro ein Netz in die Hand.) Jetzt kriegen wir eine. (Läßt den Hut über dem Wasser tanzen.)

(Musik.)

Die Meerfräulein äußern ihr Entzücken, greifen einige Male nach dem Hut, jedoch vergebens, da Nelusco ihn immer wieder in die Höhe zieht. Endlich erwischt Eine den Hut und setzt ihn sogleich auf.

Meerfräulein

(die Geschmückte bewundernd):

Seide, Federn, Bändchen
Und die Blumenrändchen,
Wie das herrlich kleidet!
Wagala Weya.
Liebäugeleya!
Seht, ihr Erdensöhne,
Wie wir sind so schöne.

(Während des Gesanges hat Nelusco die Schnur angezogen. Das Meerfräulein, welches den Hut nicht lassen will, folgt und kommt dem Schiffsrand immer näher. Pedro fährt ihr mit dem Netz unter die Füße und sie ist gefangen.)

Pedro. Ein Meerfräulein!

(Schiffsvolk läuft zusammen und tanzt um die Gefangene herum.)

Chor der Schiffsleute.

Wunderschönes Weiblein
Mit dem Silberleiblein,
Laß' Dich nur betrachten!

Chor der Meerfräulein.

Wagala Weya!
Lassala Freya!
Habt Ihr sie gefangen,
Thut sie nur nicht hangen!

Pedro. (Vortretend.) Was seh' ich dort? Ein Schiff? Es hält stille. Es setzt einen Kahn aus. Der Kahn kommt schon. Ein Mann steht in demselben. Es ist Vasco de Gama. Alles das Werk eines Augenblicks.

Ein Kahn erscheint mit Vasco.

Vasco. (Besteigt das Schiff.) Da bin ich. Das hat aber Hitze gekostet, Euch einzuholen.

Pedro. Wie kommt Ihr hieher?

Vasco. Ganz einfach. Ich habe ein Schiff gemiethet und bin Euch nachgefahren.

Pedro. Und was wollt Ihr hier?

Vasco. Rache nehmen! Wir fahren mit einander — wohin, das wird sich zeigen. Die Zigeunerin, die niemals fehlen darf, prophezeite mir, daß jedes Schiff, auf dem ich fahre, zu Grunde geht.

Seeleute. Werft ihn hinaus!

Vasco. Zu spät. Ihr könnt Euch doch nicht mehr retten.

Pedro. Aber eine alte Seemannsregel sagt, daß keiner ertrinkt, der eine Meerjungfer geküßt hat.

Vasco. Allerdings. Fangt Euch eine, wenn Ihr wollt. Ha! ha!

Pedro. Wir haben das bereits! (Zeigt das Meerfräulein und küßt es.)

(Alles drängt sich heran. Das Meerfräulein schreit.)

Sturm.

(Dem Meerfräulein gelingt es, sich loszumachen und in's Meer zu springen.)

(Lärmende Musik. Plötzliche Pause.)

Selica erscheint auf dem Verdecke.

Selica. Was gibt's? Auf welch' schreckliche Art werde ich aus meinem Schlummer gestört? — Ha Vasco!

Vasco. (Umarmt sie.) Meine Selica!

Ines. Deine? Im Gegentheil: meine! Du hast sie mir geschenkt.

Vasco. Ganz richtig, daran hatte ich nicht mehr gedacht, indeß —

(Musik.)

Vasco.
Du bist die Meinige!

Selica.
Ich bin die Seinige!

Chor.
Sie ist die Seinige,
Er ist der Ihrige!
Ihriger, Seiniger, Meiniger,
Unsriger, Euriger, Deiniger —

Fortissimo. Dann abermals Pause.

Der Schiffsarzt. Liebe Kinder, streitet nicht. Wir sind ja doch wahrscheinlich Alle miteinander verloren. Abgesehen von der Frage, ob das Geschöpf, das wir küßten, auch eine wirkliche Meerjungfer war, was ich vom anthropoichthyologischen Standpunkt aus —

Unterbrechender Blitzstrahl. Schiffbruch.

Insel im indischen Meere.

Man sieht die Kuppel eines Tempels. Tropische Vegetation. Elephanten- und Portechaisenverkehr.

(Musik.)

Ein Theil des Volkes
(singt):
Heil! Heil! Heil!

Anderer Theil.
Warum?

Voriger Theil.
Weil! Weil! Weil!

Tutti.
Lotosblumen, Gangeswogen,
Götzendienst in Folio.
Zimmetstengel, Mandelbogen,
Cocosnuß und Indigo!
Ist der Sang an Worten reich,
Ob sie passen, das ist gleich.

Chor der Aelteren.

Der Oberpriester kommt mit Hut und Hippe.
Er lebe hoch, mit seiner ganzen Sippe.

⸻

Die Menge theilt sich.

Oberpriester **Rabschpurl** erscheint.

Rabschpurl. Guten Tag, Kinder! (Zu den Bajaderen.) Habt Ihr getanzt?

Die Bajaderen. Ja wohl.

Rabschpurl. Doch hoffentlich nicht Cancan?

Die Bajaderen. Oh pfui, was denken Sie von uns.

Rabschpurl. Ich weiß, ihr seid brave Mädchen. (Streichelt Einige. Dann zum Volk.) Brama läßt Euch alle schön grüßen. Er ist mit den dargebrachten Opfern sehr zufrieden. Besonders haben ihm die gesulzten Fische geschmeckt und der schöne Kapaun. Nur etwas mehr Wein dürftet Ihr nächstens dazu geben und der chinesische Thee-Liqueur, den Ihr ihm beim letzten Feste dargebracht, ist auch schon bald zu Ende. So, nun hab' ich Euch geoffenbart, was mir Brama aufgetragen. Nachher wollen wir zu unseren eigenen, menschlichen Angelegenheiten übergehen. Zuvor aber möchte ich noch ein Tänzchen ansehen. (Setzt sich auf den ihm bereiteten Thron.) Aber Mädels, ich sage Euch: tanzt mir anständig, werft mir keine verführerischen Blicke zu und sucht mich durch keine graziösen Verzierungen aufzuregen, denn ich bin ein leidenschaftlicher Mensch und habe heute noch wichtige Staatsgeschäfte, die meine ganze Aufmerksamkeit er=
fordern.

Gesang und Tanz.

Pfeffer, Gold und Diamanten,
Perlenschmuck und Baldachin,
Sago, Reis und Elephanten.
Kaschemir und Musselin.
Alles gibt's in Hindostan,
Wer's nicht glaubt, der seh' es an.

Radschpurl. Halt! Ich meine immer, auf dieser Seite hier hat man lüstern getanzt. Ja, ja, ich werde mich nicht irren. Macht es nur noch einmal, damit ich es genau sehen und den Grad Eurer Strafbarkeit bemessen kann.

Gesang und Tanz.

Löwen, Tiger, Seidenaffen,
Brillenschlangen, Papagei'n.
Turbanfedern mit Agraffen,
Von Rubinen ganze Reih'n.
Und dazu zum Ueberfluß
Bajaderenhochgenuß!

(Der Tanz schließt mit einer bemüthigen Altitüde gegen den Oberpriester.)

Radschpurl. Gut denn. Aus Anlaß des heutigen freudigen Tages will ich die Sache nicht weiter untersuchen. — Und nun laßt uns zur Politik übergehen.

Mehrere Stimmen. Oh je!

Radschpurl. Ich kann Euch nicht helfen. Ihr wißt, wir haben nicht einmal ein Staatsoberhaupt.

Stimmen. Wir brauchen keines. Es geht ja so auch ganz prächtig.

Radschpurl. Den Zustand darf ich nicht dulden. Brama hat mich zum Wächter der Verfassung eingesetzt. Für den Fall einer Erledigung des Thrones schreibt sie vor, daß ihn kein Einheimischer besteigen darf, sondern daß die erste farbige Person, die in Folge eines Schiffbruches an unser Eiland geschwemmt wird, dann König sei, oder wenn's ein Weiblein ist, Königin. Nun habe ich Euch die freudige Nachricht zu bringen, daß uns das Meer heute Nacht eine Königin geschenkt hat.

Mehrere junge Hindus. Das ist gescheidt, daß wir eine Königin haben. Wir wollen recht galant gegen sie sein.

Mehrere Bajaderen. Ein schöner König wäre uns lieber gewesen. (Hüpfen.)

Radschpurl. Ihr Bagage! Fügt Euch in das, was das Schicksal Euch beschoren. Geht hin, sie zu empfangen und in den Tempel zu geleiten.

Mehrere Leute. Wie heißt sie denn?

Radschpurl. Wie sie heißt? Wartet nur, ich hab' mir's ja aufgeschrieben.

Bajaderen. Vielleicht Amazili?

Radschpurl. (Sieht in seine Brieftasche.) Zili heißt sie nicht. Anna auch nicht, sondern Selica.

Chor.
Holen wir sie, zieh'n wir hin,
Selica, die Königin! —

Anderer Chor.
Bleibet nur, sie ist schon da
Unsere Fürstin Selica.

Selica und **Neluskes** von Bajaderen umtanzt.

Radschpurl. Wohlgeborne Majestät! Nach der Verfassung dieser Insel, Titel I, Paragraph 1, Seite 1, seid Ihr unsere Königin. Wolltet Ihr aber diese Würde durchaus nicht annehmen, so müßten wir Euch wieder in's Meer zurückwerfen und warten, bis es den Göttern der Wasser gefällt, uns ein neues Oberhaupt zu schicken.

Neluskes. Das thun wir nicht. Wir nehmen an.

Radschpurl. Ist dieser Mann ein Verwandter von Euch?

Selica. Mein Vetter.

Radschpurl. (Zu Nelusco.) So seid Ihr hiemit als Prinz von Geblüt anerkannt.

Nelusco. Geblüt war mir nie abzusprechen, aber Prinz, das ist ein Fortschritt.

Radschpurl. Ihr habt freie Wohnung und Elephanten so viel Ihr braucht.

Nelusco. Sind Holz und Licht auch bei der Wohnung? Dann laß' ich mir's gefallen. Für die Elephanten danke ich, ich bin sie nicht gewohnt. Wenn Sie mir zur Unterhaltung einen Rattenfänger oder ein kleines Pinscherl schenken möchten, wär's mir lieber.

Radschpurl. Bringt sie nun zur Krönung in die Pagode. Sobald sie mit dem heiligen Repsöl gesalbt und mit dem Stirnband, das aus Brama's Schlafrock geschnitten wurde, bekleidet ist, hat sie Gewalt über uns Alle, wir müssen ihr gehorchen, als unserer von Gott angeschwemmten Königin.

Nelusco. Das ist doch einmal eine Stellung, die man sich gefallen lassen kann.

Radschpurl. (Zu Nelusco.) Wäret Ihr zuerst an's Land gekommen, so wäret Ihr König.

Nelusco. Oh, es ist so auch ganz gut.

Chor.

Führen wir zum Tempel hin
Selica, die Königin.
Dreh' Dich, theure Selica,
Und der Tempel ist schon da.

(Selica wird von den Tänzern und zahlreichem Volk in die Pagode geleitet. Der Oberpriester bleibt mit einigen Priestern zurück.)

Rabſchpurl. Es haben ſich auch noch einige Weiſſe auf unſer Eiland gerettet. Dieſelben müßen nach § 2 unſerer Verfaſſung geſchlachtet werden.

Die Prieſter. Ja wohl.

Rabſchpurl. Wir haben ja dem Gott des Fremdenhaſſes einen eigenen Altar erbaut. Es freut mich, wenn er einmal zu einem ordentlichen Opfer benützt wird.

Die Prieſter. Ja wohl!

Rabſchpurl. Wenn wir die Fremden haſſen, ſo wiſſen wir warum! Nicht aus Dummheit, ſondern weil uns die Fremden ausbeuten, nach und nach unterjochen und zuletzt annektiren möchten.

Die Prieſter. Ja wohl.

Rabſchpurl. Natürlich verſteh' ich darunter nur weiſſe Fremde, Menſchen, bei denen der Natur die Farbe ausgegangen iſt und die nun zur Verunzierung der Welt herumlaufen. Früher kamen ſie nur vereinzelt und zu Lande nach Indien, jetzt verſuchen ſie ſich auch von der Waſſerſeite einzuſchleichen. Darauf ſteht der Tod. Alſo ihr Herren, meßt Eure Wetzer — wetzt Eure Meſſer, wollt' ich ſagen.

Die Prieſter. Ja wohl.

(Rabſchpurl geht in den Tempel. Der Vice-Oberbramine bleibt mit den Sonnenprieſtern zurück.)

Braminen-Chor.

Europäer, Unheilſäer!
Wo ſich welche hin verirren,
Soll man ſie gleich maſſacriren.

Vasco de Gama wird gebracht.

Vasco. Was hat man mit mir vor?

Vice-Oberpriester. Nicht viel. Du wirst nur nach § 2 unserer Verfassung hingerichtet.

Vasco. So, nach § 2. Könnt ihr mich dann nach § 3 nicht wieder laufen lassen?

Die Priester. Nein.

Vasco. Was ist denn mein Verbrechen?

Vice-Oberpriester. Du bist ein geborner Europäer.

Vasco. Ich gestehe das zu, aber ich will's gewiß nicht mehr thun.

Vice-Oberpriester. Zu spät! Du wirst geviertheilt und dann geachttheilt und zuletzt gesechzehntheilt.

Vasco. Das halte ich nicht aus.

Vice-Oberpriester. Ist auch gar nicht nothwendig.

Vasco. Könnte ich denn nicht ein Begnadigungsgesuch einreichen?

Vice-Oberpriester. Unsere Königin wird schwerlich lesen können. Und der Minister auch nicht. Bei uns herrscht Mündlichkeit.

Vasco. Also Ihr habt eine Königin?

Die Priester. Die haben wir.

Vasco. Ist sie hübsch?

Vice-Oberpriester. O ja!

Die Priester. Sehr.

Vasco. Das ist mir lieb.

Vice-Oberpriester. Ich denke: das kann Dir sehr gleichgültig sein.

Basco. Laßt mich nur 5 Minuten lang mit ihr sprechen und ich wette: sie begnadigt mich.

Vice-Oberpriester. Frecher Bursche! Ich hatte Anfangs im Sinne, Dir eine Wohlthat zu erweisen und Dir mit dem großen Holzschlägel einen Schlag auf den Kopf geben zu lassen, damit Du betäubt wirst und Deine Abschlachtung gar nicht bemerkst. So aber ziehe ich meinen wohlthätigen Holzschlägel von Dir wieder ab und befehle, Dich zu binden und zur Opferbank zu führen. —

(Man bindet ihn.)

Die Priester.
Schon entsteht das Opferflämmchen.
Laß' Dich schlachten, weißes Lämmchen.
Laß' Dich braten zu dem Zwecke.
Daß der große Gott Dich schmecke.

Basco. Jetzt fängt die Geschichte doch an, eklig zu werden. (Kniet nieder.) Gnade für einen jungen Offizier, der noch 336 Vorleute zum Hauptmann hat! — Gnade für einen Oberlieutenant, der in fünf Jahren schon heirathsfähig wird!

Selica mit **Radschpurl** und Gefolge aus dem Tempel.

Selica. Welch' eine Stimme hör' ich Gnade rufen? Wie? O Himmel! Basco! Du bist gerettet?

Basco. Aus dem Wasser habe ich mich gerettet. Hier aber hilft mich meine Schwimmkunst Nichts mehr.

Selica. Man binde ihn los, er sei frei.

Radschpurl. Aber gnädige Königin.

Selica. Kein Aber — oder!

Radschpurl. Kein Aber? Aber ein Oder? Was ist ungesetzlicher: Mein „Aber", oder aber Dein „Oder"?

Selica. Dummes Geschwätz. Man binde ihn los, sage ich! (Es geschieht.) Braminen, geht Eurer Beschäftigung nach.

Vice-Oberpriester. Gnädige Königin, wir haben keine Beschäftigung.

Selica. Dann geht, wohin Ihr wollt.

Radschpurl. Aber Königin, die Verfassung solltest Du doch nicht so ganz über Bord werfen!

Selica. Ihr habt das Diadem vor Brama's Bild um meine Stirne geschlungen, ich bin Eure Königin, Ihr habt mir zu gehorchen. Verfassung ist Nebensache. Wenn sie mich genirt, mach' ich einen Staatsstreich.

Radschpurl. Du herrschest auf Grund des Paragraph 1. Aber nach Paragraph 2 —

Selica. Ich will nichts hören! Wer das Wort Paragraph noch einmal ausspricht, dem lasse ich mit dem Bambusrohr so viel Streiche geben, als die Verfassung Paragraphen hat. Und wer es überhaupt wagt, mir zu widersprechen, den lasse ich mit der Keule niederschlagen. Ich will Euch einmal zeigen, was monarchische Gewalt ist.

Radschpurl. (Für sich.) Gott, was haben wir uns für eine Ruthe aus dem Wasser gezogen!

Selica. Ist Dir etwas nicht recht, Alter?

Radschpurl. Mir? Oh, mir ist Alles recht. (Zu den Priestern.) Euch auch, nicht wahr? — Gehen wir. Ich will in meinen alten Tagen nicht noch mit der Krone in Conflikt kommen.

Selica. Daß Ihr's nur wißt: dieser Mann ist mein Gemahl.

Radschpurl. (Mit den Priestern umkehrend.) Dein Gemahl? Wo habt Ihr geheirathet?

Selica. Auf dem Schiff.

Radschpurl. Gilt nicht! Ihr müßt Euch noch einmal trauen lassen und auch an uns die Gebühren bezahlen.

Selica. Darauf kommt's nicht an. (Zu Vasco.) Nicht wahr, mein Gemahl?

Vasco. Ich bin bereit.

Radschpurl.

Kurz ist des Braminen Segen:
Brama Du hast Nichts dagegen,
Dir ist's auch recht, Wischenu,
Schiwa sagt: Laßt mich in Ruh'.
Statt die Götter lang zu plagen,
Wollen wir gleich Amen sagen.

(Vasco in einen Schleier hüllend.) Wenn Einer eigentlich hingerichtet werden sollte und statt dessen die Königin heirathen darf, so ist das ein Glück, das nicht jedem armen Sünder passirt. Komm', Königin, Du mußt unter dieselbe Decke. (Beide werden eingehüllt.) So, jetzt geht zum Tempel oder versucht es wenigstens! (Sie gehen in falscher Richtung.) Halt, hieher.

Vasco. (In der Umhüllung.) Das ist ja ein förmliches Sacklaufen.

(Man hört plötzlich hinter der Scene einige Läufe singen.)

Selica. (Den Kopf aus der Verschleierung zwängend.) Was hör' ich? Das ist Ines! Ich kenn' sie an der Stimme, die sie nicht hat.

Ines stürzt herein.

Ines. Sie lügt, er ist nicht ihr Gemahl! Im Gegentheil, sie ist meine Sklavin!

Basco. Aber Ines, wie können Sie so taktlos auftreten. Ich bitte um Rücksicht! Sie hat mir so zu sagen das Leben gerettet.

Ines. Ich weiß nun, wie Du Deine Schwüre hältst!

Selica. Schwüre? (Macht sich los, wobei der Schleier zerreißt.)

Chor.
Schwüre? Schwüre?

Man hört **Pedro** von außen rufen: Ines!

Radschpurl. Jetzt kommt noch Einer!

Pedro. (Zu Ines.) Was fällt Dir ein? Wie führst Du Dich auf!

Ines. Ich will meine braune Sklavin wieder haben.

Pedro. Du brauchst keine Sklavin. Ich erkläre hiemit diese Freie für braun, wollt' ich sagen: diese Braune für frei! Du kannst nichts besitzen, was ich nicht billige.

Ines. Dann klage ich auf Scheidung und lasse auf dieses mein Eigenthum einstweilen Beschlag legen.

Pedro. Schäme Dich, Du steckst ja ganz in der Pariser Corruption.

Radschpurl. (Zu Selica.) Königin, stell' die Verfassung wieder her und laß' mich diese frechen Eindringlinge, die Dir nur Verdruß machen, abmurgsen.

Selica. (Verhüllt sich das Gesicht mit den Händen.)

Basco. Ines, bedenken Sie das Gefährliche unserer Lage. Vor Allem handelt es sich darum, unser Leben in Sicherheit zu bringen, bis dahin, meine ich, sollte die Eifersucht schweigen.

Pedro. Ja wohl. Nachher können wir die Sache ja immer noch besprechen.

Selica. (Zu Vasco.) Du hast mich nie geliebt. (Entfernt sich unbemerkt.)

Radschpurl. Jetzt weiß ich nicht: ist er ihr Gemahl oder ist er es nicht. Gilt die frühere ganze Trauung, oder gilt auch meine halbe Trauung; kann ich die Sporteln einkassiren oder nicht? Ueberhaupt brachte diese Gesellschaft eine große Confusion auf unsere sonst so glückliche Insel.

Relusco tritt auf.

Relusco. Meine Herrschaften! Ich habe das Vergnügen, Ihnen zu melden, daß, um einem dringenden Bedürfniß abzuhelfen, auch der Herr Großinquisitor angekommen ist.

Großinquisitor. Ein Diener trägt ihm eine große Reisetasche.

Großinquisitor. (Zu Pedro.) Na, das freut mich, daß Sie Schiffbruch gelitten haben, sonst hätte ich Sie schwerlich mehr eingeholt.

Pedro. Aber Herr Großinquisitor! In Ihrem Alter und zu der Jahreszeit und bei dem schlechten Wetter eine solche Reise.

Großinquisitor. Ich kann doch nicht so unbemerkt von der Bühne verschwinden? Das thu' ich nicht.

Vasco. Mit welcher Gelegenheit sind Sie denn gereist?

Großinquisitor. Das ist meine Sache. Ich bin da und damit Basta. (Radschpurl bemerkend.) Der Mann scheint mir ein verwandter Würdenträger. — Mit wem hab' ich die Ehre?

Radschpurl. Ich bin Oberbramine dahier.

Großinquisitor. Freut mich recht sehr. Ich bin Groß=
inquisitor.

Radschpurl. Ah! (Schütteln sich die Hände.)

Großinquisitor. Sie haben wohl viel zu thun.

Radschpurl. Ungeheuer. Wissen Sie, das kommt daher:
weil bei uns die Seelenwanderung eingeführt ist.

Großinquisitor. Ah so! Wenn in Europa Einer stirbt,
ist's damit abgethan.

Radschpurl. Ja. Aber bei uns fährt er dann erst in
einen Vogel= oder Affen= oder Käferleib und somit haben wir
auch noch das ganze Thierreich zu überwachen. Sie können sich
denken, was das für Arbeit macht.

Großinquisitor. Ich glaub's gern, besonders wenn die Käfer
auch noch dabei sind. Erlauben Sie vielleicht, daß ich Ihnen
einen Orden anhefte? Ich hab' eine große Masse mitbekommen,
nebst der Erlaubniß, allenthalben verdienstvolle Leute damit aus=
zuzeichnen. (Nimmt einen Orden aus der Reisetasche.)

Radschpurl. Oh, ich bitte, das ist wirklich zu viel.

Großinquisitor. Geniren Sie sich nicht. Wollen Sie viel=
leicht einen größeren?

Radschpurl. Oh, ich habe genug.

Großinquisitor. (Steckt ihm den Orden an die Brust.)

Radschpurl. Wenn Sie vielleicht diesen Herren (auf die
übrigen Braminen deutend) gütigst Etwas zukommen lassen möchten.

Großinquisitor. Sehr gerne, wir haben's ja! Unser kleines
Land zählt nicht weniger als 155 Verdienstorden. (Theilt Orden
aus.)

Bajaderen. (Drängen sich hinzu und bitten.) Uns auch!

Großinquisitor. Habt denn Ihr auch Verdienste?

Haupt-Bajadere. Oh, das wollt' ich meinen. Fragen Sie nur die Herren Braminen!

Relusco. Herr Großinquisitor, mich sollten Sie doch auch berücksichtigen, als Landsmann.

Großinquisitor. Was? Ich Landsmann eines Menschenfressers?

Relusco. Ach Gott, meine Wildheit war nur Schein, ich bin ein ganz harm- und geldloser Portugiese.

Großinquisitor. Also kein Afrikaner?

Relusco. Mehr ein Nachäffrikaner.

Großinquisitor. Und das Mädchen?

Relusco. Als ich noch Schneider war, war sie Näherin.

Großinquisitor. Ein Schneider mit einer Keule!

Radschpurl. Unsere Königin Selica eine Marchande de Modes! Aber das thut Nichts, sie lebe hoch! — Wo ist sie denn?

Basco. Selica!

Vice-Oberpriester. Sie entfernte sich vorhin, wie es scheint an den Meeresstrand, ohne zurückzukommen.

Radschpurl. Ha, was für ein Gedanke durchzuckt mich!

Basco. Heraus damit!

Relusco. Sprich, Durchzuckter!

Radschpurl. (Bebend.) Am Ende setzt sie sich —

Relusco. Was ist's nachher, wenn sie sich setzt?

Radschpurl. Unter — unter den — Manzanillobaum!

Relusco. Was ist das für ein Gewächs?

Radschpurl. Ein großer Baum mit aromatischen Holzäpfeln. Die Blätter geben einen betäubenden Duft. Wenn sich zufällig ein Affe in seine Zweige verirrt, so wird er förmlich betrunken.

Relusco. Also ein Affe, der selbst einen Affen hat.

Radschpurl. Der Baum ist wunderschön, man fühlt sich zu ihm hingezogen, aber bald umnebeln sich die Sinne, man verfällt in holde Träume und schläft endlich ein. Wenn man erwacht, ist man verrückt, und wenn man nicht mehr erwacht — darf man eigentlich froh sein.

Basco. Warum ward dieser gefährliche Baum nicht längst umgehauen?

Radschpurl. Ich habe einen Bericht darüber an's Forstamt eingesendet, aber leider noch keine Antwort erhalten.

Relusco. Da muß ich hin, um sie zurückzureissen.

Radschpurl. Nehm' er sich in Acht, daß ihn die Betäubung nicht selbst erfaßt.

Relusco. Ah bah, ich bekomme so geschwind keinen Rausch.

(Ab.)

Basco. Das Schicksal dieses armen Mädchens liegt mir sehr am Herzen, da ich eigentlich Schuld bin, daß sie diese weite Reise unternahm. Ich muß versuchen, sie zu retten.

(Ab.)

Ines. Basco! Er stürzt sich in Gefahr, ich kann ihn nicht allein lassen!

(Ab.)

Pedro. Ines, es schickt sich ja nicht! Wenn ich sie trotz Allem nur nicht so liebte! Aber wenn sie unter den Manzanillo geht, geh' ich auch unter den Manzanillo!

(Ab.)

Großinquisitor. Ich soll allein bleiben unter lauten Wilden? Die könnten am Ende Appetit auf mich kriegen. Da riskire ich doch noch lieber, unter angenehmen Träumen einzuschlummern, obwohl ich fest überzeugt bin, daß der Tabak, den ich schnupfe, ein wirksames Gegengift bildet. (Sich verabschiedend.) Ein guter Großinquisitor verläßt seine Inquisiten nicht. Ich gehe zu den Meinigen!

(Ab.)

Radschpurl. Als Oberbramine kann ich die Königin nicht im Stich lassen. Ich muß sehen, was da los ist. Aber dem Forstmeister, der den Baum nicht umhauen läßt, werde ich kommen, wenn ich überhaupt noch komme.

(Ab.)

Vice-Oberpriester. Als Vice-Oberbramine folge ich meinem Amtsvorstand.

(Ab.)

Die Haupt-Bajadere. Ei, da müssen wir ja auch sehen, wie die Geschichte ausgeht. Wir fürchten uns vor gar keinem Baum, nicht einmal vor dem Baume der Erkenntniß. Es hat mich noch jedes Frühjahr gereizt, einmal in die Manzanilloblüthe zu gehen. Unser Einer hat auch gerne einen schönen Traum und eine kleine Sinnen-Umnebelung.

Bajaderen. Freilich!

(Die Bajaderen tanzen ab.)

Chor.

Afrika und Indien
Sind verschiedne Sachen.
Aber wenn der Mensch nur will
Läßt sich Alles machen.
Find't sich sonst kein Ende mehr,
Setzt man einen Giftbaum her.

Verwandlung.

Meeresstrand. Der Manzanillobaum.

Musik. Selica liegt am Fuße des Stammes und schläft.

Nelusco. Jetzt will ich sehen. Ich bin noch ganz gesund und nüchtern, aber sowie ich meinen Fuß unter den Schatten setze, wird's mir sein, als ob ich Salvator getrunken hätte! — Also! — (Zögert.) Nur couragirt, ich laufe hin und trage sie heraus, die paar Sekunden werden mich nicht umbringen! (Tritt unter den Baum und fängt sogleich zu taumeln an.) Tralalala! Das ist ja ein ganz fideler Aufenthalt. — Ah! Und der herrliche Duft! Selica, gelt, jetzt hast Du's! Warum hast Du Dich da hergelegt? — O welch' ein schöner Punkt. (Athmet tief auf.) Ah! Eine Tante von mir pflegte zu sagen: Wenn man eine recht schöne Aussicht hat und dieselbe genießen will, so soll man die Augen zumachen und sich seinen Träumereien überlassen. (Sinkt hin.) Ich will das thun. Erst Schneider, dann Wilder, dann Pr — Prinz. Was noch?

(Singt im Entschlafen.)

Der Meyerbeer,
Wenn's der nicht wär',
So was, auf Ehr',
Ging' nimmermehr!

Basco tritt auf.

Basco. Das ist der verhängnißvolle Ort. O unselige Selica! Armer Nelusco!

Ines eilt herein.

Ines. (Faßt ihn.) Vasco, Du darfst mir nicht unter den Baum!

Pedro tritt auf.

Pedro. Was gibt's hier?

Ines. (Zu Pedro.) Ich halte ihn zurück, ich habe ihn gerettet.

Pedro. So? Hast Du ihn gerettet? Nun, das freut mich. Ich glaube, es wird das Gescheidteste sein: ich gehe unter den Manzanillo. Soll ich?

Ines. (Wendet sich ab und verhüllt das Gesicht.)

Pedro. Sie sagt Nichts? Also soll ich! (Geht, indem er Ines ansieht, gegen den Baum zu und befindet sich plötzlich unter demselben.) Ha! (Gähnt.) Es packt mich schon! (Sitzt nieder.) Empfangt meinen Segen. Ihr seid ein würdiges Paar. Vasco, möge sie Dir dieselbe Treue bewahren, die sie mir bewiesen hat. Ines, wenn Du Deinen Vater wieder siehst, grüße ihn von mir. Ich lasse ihm danken für die gute Erziehung, die er Dir gegeben hat. (Legt sich zurück.) Es geht Nichts über einen Ehemann in französischer Auffassung. (Entschläft.)

Großinquisitor tritt auf.

Vasco. Sehen Sie dort die traurigen Wirkungen!

Großinquisitor. Wirklich? Lassen Sie mich hin zu den Unglücklichen! Doch halt! Wenn man die traurigen Wirkungen bereits sieht, so wäre es ja überflüßig, sie erst noch zu erproben. Man bleibt besser weg.

Radschpurl kommt mit Bajaderen und Volk.

Radschpurl. Da haben wir die Bescherung. Es wird

Nichts anderes übrig bleiben, als einen 6 Schuh hohen Zaun herumzumachen und den selbstmörderischen Eintritt bei 14 Tagen Arrest zu verbieten.

Großinquisitor. Ich zweifle nicht, daß Ihnen die Regierung eine solche ortspolizeiliche Vorschrift genehmigen wird. Mir aber wollen Sie erlauben, daß ich mich mit den wenigen Personen, die noch übrig bleiben, entferne.

Rabschpurl. Ihre Bekanntschaft war mir eine unverhoffte Ehre. Ich bitte, mich in geneigtem Andenken zu erhalten. Soll ich Ihnen vielleicht einen Elephanten mitgeben, ein paar Rhinocerosse, einige Tiger —

Großinquisitor. Danke ergebenst.

Rabschpurl. Ich dachte nur, wenn Sie vielleicht zu Hause einen zoologischen Garten haben.

Großinquisitor. Der hat schon Bankrott gemacht. Abieu! (Mit Basco und Ines langsam ab.)

Schlußchor.

Des Menschen Leben
Ist Taumel nur und wirrer Traum.
Die ganze Welt
Ein großer Manzanillobaum.